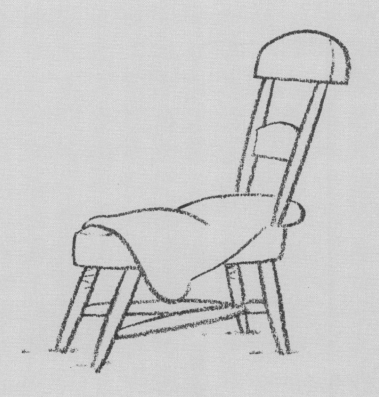

Do Nate

A' chiad fhoillseachadh sa Bheurla 2015 ann am Breatainn le Nosy Crow Earranta,
Crow's Nest, 10a Sràid Lant, Lunnainn, SE1 1QR
www.nosycrow.com

A' chiad fhoillseachadh sa Ghàidhlig an 2016 le Acair Earranta
An Tosgan, Rathad Shìophoirt, Steòrnabhagh, Eilean Leòdhais HS1 2SD

info@acairbooks.com   www.acairbooks.com

Tha Acair a' faighinn taic bho Bhòrd na Gàidhlig.

Fhuair Urras Leabhraichean na h-Alba taic airgid bho Bhòrd na Gàidhlig
le foillseachadh nan leabhraichean Gàidhlig Bookbug.

Gheibhear clàr catalog CIP airson an leabhair seo ann an Leabharlann Bhreatainn.

LAGE/ISBN 978-0-86152-406-8

Clò-bhuailte ann an Sìona le Imago

THA MATHAN AIR MO CHATHAIR

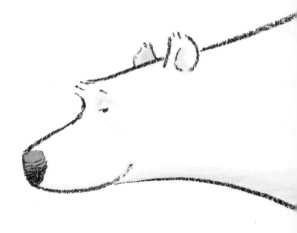

ROSS COLLINS

Tha mathan
air
mo
chathair.

Tha e cho **mòr**
's an rùm cho gann.
Beàrn **beag** dhomh-sa,
chan eil ann.

Chan eil sonas ann
do luch is mathan,
a bhith strì an còmhnaidh
airson aon chathair.

Ged bhithinn-sa
le **fearg nam shùil,**
cha ghabh esan dragh
no idir diù.

'S beag m' fhios
càite bheil a dhachaigh,
am mathan sin a tha
air **mo** chathair.

Canaidh mi gu bheil
e snasail.
’S abair thusa
aodach spaideil.
Tha e daonnan
anns an fhasan.

Ge-tà, chan e seo
a dhachaigh.

"Fàg mo chathair 's gheibh thu peur!"
Ach cha robh sin gu mòran feum.
Cha do rinn esan
ruith no leum
Gus **tilleadh** gu
a dhachaigh fhèin.

Dh'fheuch mi **clisgeadh**
agus crathadh
A' **leum** a-mach 's mi
na mo dhrathais!

Ach,

's ann air-san
a bha a' bhathais.

'S cha do ghluais e
às mo chathair.

Tha mathain airidh air meas is spèis.

Chan eil iad **pailt** sa chruinne-cè.

Ach **canaidh** mi seo,

is mòr am beud;

nach eil

am fear seo

an cois a

threud.

Sinn e! Gu leòr!
Gu leòr den t-strì!
Tha mathan seo
Gam fhàgail
tinn!

Tha mi sgìth!

Tha mi sgìth!

A-mach à seo,

's gum faigh mi sìth!

Tha luch na cadal
air mo phlaide.